Andanzas

José Gerardo Garibay Guzmán

A mi madre, a mi padre. A mis tres hermanas. A José, a María del Carmen, a Melquíades, a Elvia Elisa. A todos los que han colaborado para que estas andanzas se consuman. Al tiempo, a la vida, a Dios. A mis profesores, por tenerme la paciencia para enseñarme. A mis otros profesores, por permitirme escribir en sus clases. A mis compañeros, a mis amigos, a mis amigas. A ti. Gracias.

Antes de empezar

Quisiera dirigirles unas palabras, antes de que se adentren en unas de mis cuantas aventuras por esta vida, y deseando que sean de su agrado.

Durante varios meses, recopilé anécdotas, viajes, historias, memorias, sueños y deseos; para poder plasmarlos todos aquí en esta humilde compilación de historietas. Sé que faltan unas por escribirse, y también sé que hay muchas más por vivir, pero seleccioné estas específicamente, para poder mostrar un poco de lo que he vivido a todo quien leyera.

Considero importante la compilación, por su diferencia en formato a las muchas que puedan ustedes leer durante su vida. Así mismo, creo que refleja evidentemente, mi manera de ser y de escribir.

Sin rencores, sin guardarme nada a la hora de expresarme; considero descarado el estilo para enfrentar textos como "Báltico", "Llanto" y "Zoológico". Amoroso, el tono de "Karla", "Una Palabra" y "Vacío". Novedoso, aquel relato de "Dos menos que treinta".

En sí, considero que esta compilación, debe desatar ciertos sentimientos encontrados en algunas personas, mientras que debería de enamorar a otras. Es increíble lo que puede causar un conjunto de palabras especialmente acomodadas para dejar algo en mente.

Alegría

Es aquel momento en que se piensa que todo salió bien. Esos instantes junto a tu pareja, esos besos, esas lágrimas, los abrazos, las caricias. Todo aquello que denota que has ganado, el dulce sabor de la victoria lo comparte, la degustación de pequeños logros acumulándose, a veces hasta de manera insignificante.

Lo que se siente al compartir una historia íntima con alguien más, esa sensación de urgencia inesperada por asegurarse de no perderla. Lo que siento al besarte, al mirarte, al estar contigo. Esa necesidad en los momentos más difíciles, el cobijo de la soledad, la esquina de la felicidad y un sueño que mantiene presos a todos. A ti, te inunda de manera radiante y despechada, descansando en tu antebrazo, escondiéndose del enemigo, derrochando tus lágrimas en ocasiones especiales.

Sin ella no festejas, no vives, no sientes, no lloras, no amas. No festejas los momentos grandes que se te presentan, las metas logradas, obstáculos vencidos; no significan nada. No vives esta hermosa vida en la que estás y quedas gratis; sin ella no se puede. No sientes la urgencia de esbozar una bella sonrisa, ni el dolor cuando se va. No lloras cuando llega en cantidades abrumadoras, no lloras porque está; no entiendes cuánto te amo, aún cuando se va; aún cuando no está.

Báltico

"¿Cómo crees que me siento?"

-    Ella lo voltea a ver.

"¡No me veas con esa cara, estoy harto de eso!"

-    Se voltea, parece estar buscando algo: no lo ubica.

"¿Estás consciente de cómo me haces sentir? Parece que ya no te importo"

-    Le dirige la mirada, levanta sus hombros, sin respuesta, y sigue buscando aquél objeto.

"Tú sabes que no es la primera vez que pasa, habíamos quedado que ibas a respetar nuestra relación. Habías dicho que no saldrías con él." Dice, al instante en que apunta hacia una foto puesta sobre el buró, de ella con un amigo de la infancia.

"¿Y no hay nada que tengas que decir?"

-    Ella parece hacer contacto con lo que buscaba, saca del sillón su cartera y ahora se pierde en otra búsqueda.

"¿Qué tanto estás buscando? ¿Por qué nunca me haces caso cuando algo así pasa? Solo por que salgo de la ciudad, no te da el derecho a engañarme, y, ¡menos con ese tipo!"

-    Ella lo mira, le sonríe y abre un compartimiento de su cartera, de donde saca un recibo, parece ser de alguna tienda de lujo.

"¿Qué te regaló? ¡¿Ahora también trata de tomar mi lugar!?"

-    Ella mueve la cabeza en señal de desaprobación, y le muestra lo que él creía era un recibo.

"A ver." El hombre toma el papel y lo lee:

Válido por un viaje de dos meses por los lugares idílicos del norte de Europa y las playas más románticas del continente, para las siguientes dos personas

El día de salida, fechado para el día en que cumplirían su tercer aniversario; y venían adjuntos tanto su nombre como el de ella.

"No podías acompañarme tú", le dice finalmente al hombre.

Cantautores

Sus melodías amañan los estímulos de quienes las escuchan. Saben llegar a tocar corazones inquebrantables en momentos de júbilo, emoción y desenfreno. Su música los distingue de los demás, pues ellos la sienten, la viven y vibran con ella. Aún así, son tan pocos los que habitan entre nosotros, que hay que buscarlos para poder realmente convivir.

Sus historias rayan en la línea de lo anormal, pero se identifican con las que todos nosotros mortales, sabemos descifrar y relatar. Creemos que una de sus tantas canciones, fue hecha a nuestra medida; pues cada una de las palabras que se escuchan, que con tanto amor o desamor relatan, suelen identificar cada parte de nuestra situación.

Los enamorados gustan de oír y parafrasear las canciones en los oídos de su pareja. Los ancianos, viven del recuerdo para enseñarle a sus hijos y nietos, lo bello que eran las canciones de antaño, en comparación con el "rock" barato que escuchan hoy en día. Sus compositores favoritos, no son aquellos que salen en revistas de moda, ni que son tristemente el foco de atención en los medios menos deseados. No son parte de un desenfreno casual artístico.

Si bien sus vidas, aunque retraídas, son conocidas por muchos. Lástima da, verlos divorciados, solos o sin razón de salir. Pero, no les deseamos salir de ese trance emocional; pues queremos disfrutar sus anécdotas, sus historias, sus memorias y esa manera tan inusual que tienen para contarlas.

Si en cambio, están felizmente enamorados, o son hombres de familia; mucho nos gustaría que se quedaran así. Así podríamos aprovechar unos de sus tantos versos, para dedicárselos a quien más queramos. Porque, cada momento de felicidad que ellos le brindan a su familia, es como una gota de inspiración que nace en sus melodías para inculcárnosla a nosotros y a nuestros seres queridos. Porque cada instante de amor, que comparten con sus esposas, novias o hijos; viene a nutrir nuestro vocablo a la hora de querer derrochar esa misma ternura con los nuestros.

Así, deseamos que ellos se mantengan firmes en su vocación, nutriéndonos de frases inolvidables y en otro mundo, imposibles. Porque no hay dos que sean iguales, no hay dos que digan con las mismas palabras lo que sienten a la misma persona. Cada uno tiene su estilo, cada uno tiene su gracia, su amor, su soledad, su desencanto. Y por eso, dejan huella en nuestras vidas, y en las de aquellas personas, que tuvieron la oportunidad de conocernos aún más íntimamente; tal y como creemos conocerlos a ellos.

Dos menos que treinta

Despertáis
alumbra
amanece
deslumbra
bostezáis
ladra
brinca
recuestas
recuesta
reís
lame
vestís
atento
estáis
está.

Caminas
camina
servís
come
gritáis
piensa
descubre
arrimase
consuela
calmáis
sacadlo
consentidlo
consentido
estáis
está.
Corres
camina

piensas
camina
saludas
rascase
andas
continúa
quizás
talvez
podrá
caminará
continuará
estáis
está.

Asolease
respira
actúas
tirase
escondedse
jugáis
pensadlo
quizás
tomadlo
talvez
amadlo
ahora
siempre
estáis
está.

Regresan
descansas,
come
café

croquetas
periódico
silla
almohadón
deshecho
plumas
suelo
pisas
plumas
estáis
está.

Bañáis
espera
salís
despide
desilusiona
deambula
aguarda
come
bebe
observa
ladra
duerme
descansa
no estáis
está.

Regresad
emociona
goza

gozas
ama
lame
come
toma
pausa
fiesta
cenas
recuesta
sostienes
estáis
está.

Cámbiate
celebra
vivís
existís
jugáis
juega
tiempo
duráis
irradian
estrellas
divaga
sueñas
duermen
estáis
está
quedáis.

Final

Quien lo anuncia, miente. Quien lo escribe, batalla para ponerlo en palabras. Quien lo detalla, ha sido artífice de un milagro en el cual ha podido ser testigo de algo increíble.

Dicen, que no estamos lo suficientemente preparados para enfrentarlo. Ni tú, ni yo, ni nadie. Es difícil verlo venir. El llanto suele hacerse presente entre dos que se aman y lo ven llegar.

La muerte suele ser un sinónimo de él. Aunque, no creo en realidad, que los ancianos estén de acuerdo con ello; al menos no lo hacen parecer así. Si una palabra pudiera describir lo que se siente verlo venir sin poder hacer nada: impotencia.

Por eso después viene el llanto. Somos dueños de nuestro propio sufrimiento, que tanto se nos ha dicho evitemos. Realmente peligrosos cuando nos ponemos a pensar en lo que podemos hacer, dejamos de hacer, y lo que sabemos hacer.

Cada vez se siente más cerca, eso sí. Pero no sabremos cuándo, cómo, dónde; eso no está escrito en nuestras páginas. Alguien más lo ha decidido, alguien más nos guía. Si queda alguna duda sobre eso; basta con creer en lo que sabemos, y suspirar por lo que creemos.

Guatemala

Nunca pensé que tomar un vuelo a la capital de este escénico país, iba a traerme recuerdos tan bellos de toda Latinoamérica.

Llegar a tu aeropuerto, en medio de tantos edificios, fue casi uno de mis peores miedos. Enfrentarme con problemas de inmigración: todavía estuvo peor. Aún así, recuerdo la belleza de quienes me acompañaban, y la amabilidad de los que nos guiaban. Todo fue placentero por aquellas tierras; excepto mi dolor de estómago.

Desde que pisé tu suelo, sufrí una catástrofe intestinal, que por tres días enteros, decidí combatir, a mano limpia, con agua de horchata. ¡Qué delicia es tu agua de horchata! Entre tus bellos volcanes y paisajes de luna de miel, las fui conociendo; una a una. Ellas venían con nosotros, mas no las habíamos tratado.

Pasamos a uno de los hoteles más famosos; de una de tus ciudades preferidas, Antigua, donde conocimos museos y diferentes especies de pájaros. El quetzal, nos acompañaba. En lo personal, recuerdo el sabor de la canela que le impregnaron a mi agua de horchata; no me caben las palabras. No desaproveché para tomarme fotos con ellas; uno y dos 'clicks', y estaban conmigo para siempre.

Acompañé a una de ellas a ver otras partes del hotel; y fue ahí donde me di cuenta... ¡Mis sentidos de orientación estaban realmente olvidados en tu país! Como por arte de magia, nos perdimos incansablemente, después de comprar pulseras y cobijas a una artesana guatemalteca, que amablemente nos atendió. Era tanta la belleza de las prendas, que todo lo demás lo olvidamos, hasta que de pronto, nos dimos cuenta que habíamos quedado solos. Corrimos pues, hasta encontrarnos.

Después, ya de vuelta en el transporte, debatimos sobre diversas maneras de hacer fallar al sistema de los casinos. Mi amigo y yo, le dimos vuelta a la situación y por fin pudimos descifrarlo: la ruleta, el famoso juego de azar, la habían diseñado para que todo método matemático fallara al desafiar su sistema. En otras palabras, o perdíamos, o perdíamos más. Aún así, disfrutamos, como a un juguete nuevo, el divertido juego de la ruleta y al señor que de la manera más chistosa nos decía, "no más apuestas", haciendo movimientos exagerados con sus manos, mientras reíamos.

Bajamos en un pueblito cerca de Antigua, donde expertos nos volvimos en las piedras de Jade; piedras preciosas que existen en tus suelos. Yo aproveché para ir con otra de ellas, ahora al mercadito a regatear precios para traer cosas de vuelta a Monterrey. Fue quizás la mejor experiencia de comerciante que he tenido en mi vida; la compañía no podía haber sido mejor, y los precios no podían haber estado más bajos. Así, hasta logramos platicar un poco, sin la necesidad de tomar más tiempo del necesario. Subimos de nuevo al autobús, en lo que nos llevaría de regreso al hotel. La aventura apenas comenzaba.

¿Quién diría que nos esperaban unas hondureñas en recepción? Vaya si era lo último que pensábamos. Se nos acercaron tres de ellas a platicar, y nosotros no teníamos palabras. Por cierto, nos ayudaste a entender lo cerrada que es la sociedad acá en San Pedro; pues, en San Pedro Sula, vaya que hay diferencias. Resultó que una de ellas, se nos unió a la plática y tal como habíamos ido de compras; buscó entrar con nosotros al casino. Para sorpresa de ella, sí adivinaron su edad. El intento: un rechazo autoritario.

Los días se nos fueron como agua en río rápido; estrepitosos, vertiginosos, excitantes y sin un rumbo fijo. Conocimos a mujeres de tu país, tan bellas y atrevidas; tan inteligentes y emocionales. A mí me tocó conocer a una supuesta actriz; a mi amigo, a la hija de un magnate. No cabe duda que él no perdió el contacto, y hasta hoy en día la trata.

Aún así, yo enfoqué mis esfuerzos en otra hondureña. A ella, poco la conocía y no había sido de las que se nos acercaron a platicar. Gustaba mucho de divagar y de descansar. Normalmente, traía los ojos pesados de sueño, y disfrutaba de mis masajes para quitarle el estrés. Tomó por convicción una pulsera, y me la quitó. Me sentía privado de aquel objeto que recién había adquirido, en tu bella Antigua, y estaba dispuesto a recuperarlo. Después, ya por fin me lo regresó, no sin antes despedirse de mí. El resultado: no he podido charlar con ella desde hace un par de años, pero es indudable que quedan grabados en ambos para el resto de nuestras vidas, esos momentos que vivimos.

Pero todavía me faltaba convivir con otra de ellas. Mientras que ya me había perdido en un museo y que había intentado comerciar con dos de ellas; con la tercera, solo había podido platicar e intercambiar miradas. Fuimos juntos a sentarnos en la fuente del 'Aguacatón', frente a las palomas que estaban atentas a los hombres con pan. Platicamos largo y tendido, sin descuidar siquiera un solo detalle o circunstancia. Tomamos fotos, compramos hasta ya no poder. En la fiesta, disfrutamos juntos muy buenos momentos y nos divertimos aún más. El cansancio lo sentimos más tarde, en la continuación en el departamento de unas mujeres nicaragüenses que, a los hombres, nos dejaron boquiabiertos. Parecía que nos faltaba llegar a conocer Nicaragua, para poder disfrutar más de la vida.

Al día siguiente, pudimos notar el cansancio en nuestros cuerpos. Pero, no cabía duda, lo que nos dejaste a cada uno de nosotros. Una hermosa postal de lo que puedes ofrecerle al mundo.

Historia de tres

Terco era el viento en la costa,
recio, el sonar de las rocas,
rosas las nubes, tres las rosas,
ella tira su rota rosa...

Cortas de aquel pasto seco,
que esperas algún día sea recto,
el resto, ya será creo,
oír, cosa del tiempo,

ser, ir y dudar,
duda de cera y mar,
río, cosas de ayer,
río, no puede ser.

Restos algún día serás,
por las costas rico andarás,
y en una roca, la ostra encontrará,
un cero, un sastre, no más.

Tú tiras las ostras al mar,
un tiro que puede costar
coser, a secas verás,
que correr, sin fondo, tendrás que.

Justa

Era la manera perfecta de acabarlo. Ya me dolían los golpes, todas aquellas hazañas conseguidas, se estaban haciendo presentes. Aquellos moretones que la batalla había dejado, se sentían más que nunca, punzando contra mis huesos. Por eso, decidí terminarlo de una vez por todas, no quería que se alargara más.

Tomé mi lanza y me enfilé hacia la barda que me separaba del contrincante. Un golpe más y lo derrumbaba; un golpe más y todos estos moretones, habrían valido la pena. "Anda" le dije a Carstinei, mi caballo, y como relámpago me enfiló hacia el adversario. Preparé mi lanza, la punta volteando hacia el otro lado de la pista, lista para enfundarse en la armadura del contrario.

Los pasos de Carstinei se apresuraban, los plebeyos gritaban cada vez más y más, haciendo que mis moretones desaparecieran, y estoy seguro que los de Carstinei también. Me busqué balancear hacia el frente y de un solo golpe, hice volar el casco de mi contrincante, haciendo explotar a las gradas, habían visto lo que querían. El de casa había ganado.

Karla

Eres tú quien esta noche: faltas. Mi mirada, no encuentra una igual a la tuya. No ceso de buscarte, no encuentro como alcanzarte, esa luz que aún brillaba cuando dormías, se ha apagado desde que te fuiste. Ya no importan las veladas amorosas, con canciones de Luis Miguel y al ritmo de Bacilos. ¡Ya que importan las buenas películas, si no estás aquí para disfrutarlas conmigo!

Hoy me he unido al canto de los recuerdos. Aquél que para, solo cuando llegas. Ahora ya veo que me haces falta; esta insólita verdad sin ti, no era de imaginarse. Tantos momentos aislados, no describe ni la mejor melodía en piano de un maestro. Tantas historias desencadenadas en un enojo, una caricia, un beso; tantas, y ya no hay ninguna. Esos instantes de soledad interrumpida, estando a tu lado; disfrutando de la brisa, del mar, de las estrellas, de ti.

Lejos te has dejado iluminar por algún otro espacio, en otro momento, enfrascada en otro recuerdo. Quizás él te dé tantos recuerdos como los que yo te he dado, o puede que vuelvas a mí, a mi honestidad, a mi ternura, mis canciones al atardecer, mis rosas azules que tanto adorabas.

Pero ahora tú no estás, y debo hacer frente a eso. Ya no más tu sonrisa en las mañanas, ya no más tu suave voz como el aroma de mis comidas. Ya no más. A un lado quedan tus bromas, tus personificaciones, tu afición por el ballet. Ahora sólo queda mi Madrid, quedan mis Vaqueros, mis Potros, mis Espuelas. Tanto tengo por compartir, pero no tengo a quién, pues tú te has ido, tú has escogido un camino que te traerá éxito y fracasos. Y yo, he quedado sólo, en mi estancia, recogiendo esos momentos felices contigo, y juntándolos en ideas concretas para plasmarlas en un mísero papel.

Llanto

Lentamente habías dejado de existir en sus momentos más felices. Te decidiste ir a buscar un mundo nuevo, sin dolores y sin penas. Todo, lo olvidaste en un pasado, tan fácil de desechar y tan difícil de recordar.

No fue sólo un instante, ni una mirada, ni un despecho de tristeza. La dejaste sentada en su auto, pensando la película; una y otra vez, dándole a entender que se había equivocado. Tus últimas palabras antes de despedirla, fueron: "eres un amor, que nadie te diga lo contrario", y partiste hacia tu casa, sabiendo que probablemente si la encontrabas de nuevo, no sería lo mismo.

Ella siguió su camino, desconsolada, y sin saber qué hacer. Pues ella lo había decidido. Un café por la tarde no había consumado la obra que se veía venir. Te lo advirtió, y tú, a ciegas, entendiste el porqué. Quizás fue aquella vez que le dijiste lo importante que era para ti que te quisiera. O pudo haber sido ese momento, donde la tomaste del brazo, y no le hiciste sentir el cariño que merecía. Quizás. Lo único que ella sabe, es que no estarás más ahí para su consuelo. Y no te puede culpar. Ella lo quiso así.

Tú sabías lo decidida que estaba, al llevarte a un café en sábado a las cuatro. Una hora antes de tu partido preferido, y aún así, aceptaste ir con ella. No pidió perdón, no tenía rencores, no hacían faltas los silencios; pues con tanta plática, la notabas nerviosa. Ella seguía su camino, deletreando cada parte de la sinfonía a detalle, dándote a entender que no quería más de esto, que estaba satisfecha.

El café cayó como agua fresca a tu boca, tan caliente como pudo haber estado. Y no bastó acabar de platicar de cosas indiferentes, no bastó la mirada de alivio que le diste, ni lo que dijiste. En camino al auto, buscaste una señal a lo que venía, y esa nunca llegó.

Ni el abrazo de consuelo, ni el beso de despido, ni el nuevo beso. Nada de lo anterior te indicaba que todo iba a acabar bien, pero tampoco te indicaba que era el fin. No entendías lo que decía, ni porqué lo decía, ni si te lo debía explicar. Como en otras ocasiones, tú sonreíste y la miraste de frente, buscando una respuesta: no llegó.

No fue suficiente orar por que llegara la respuesta; ni la cena con tu familia antes de verla de nuevo. Llegó por sorpresa, a tu casa, sin reservas. Ahora sí notaste su determinación; venía en otro tono. Parecía haber tomado valor al no verte por unas horas, pues al verte, todo se olvidaba. No podía decirlo en plena palabra; batallaba para mentir. Y entonces la miraste de nuevo, incitándola a decirte lo que pensaba. "¿Qué pasa?". Preguntaste.

"Ya no quiero más, ya no puedo más". Lo dijo, por fin. Pero no pudo ocultar su mirada; sabías de su inseguridad. La abrazaste y la volviste a abrazar. Cayeron las primeras gotas, sentías el ambiente, y la besaste. Ella respondió a tus labios, a sabiendas de que había terminado, y fue cuando lo dijiste, y encendió el auto.

Volteó a verte de nuevo, una vez más antes de dejar lo que más preciaba, y arrancó; al mismo tiempo que sus lágrimas.

Nostalgia

Si algún día me pusiera a pensar en todo lo que he dejado pasar ante mí. En todos aquellos momentos, instantes, pensamientos; en los que me he refugiado en mi mente, escondiendo los sentimientos que me hacías vivir.

Ese día no sería más que un recuerdo de todo lo que me has provocado. Soñar con regresar a esos momentos, solo me traería una provocación inteligente e interesante, que a la par, desanimaría mis días. Por eso prefiero verte de vez en cuando, animando mis noches y mis instantes de aburrición. Distrayendo mi atención de lo menos importante en la vida.

Para efectos de mis momentos, la vida me trae contigo una dosis de realidad y de ficción. Si vivimos aquí en un mundo ficticio, y todo lo que nos lleva y nos trae, nos enloquece: cumples tu propósito. Si esto es real; todas las horas en el gimnasio, en las canchas, en las aulas; no me agregan ni una pizca de lo que me das tú: vida.

Aunque estés lejos, y en otra parte de mi memoria; me quedan tus anécdotas, tus historias, tu presencia. Si estás a días de distancia, a años de existir, o a minutos de retraso; quedas en mí. Si estás a una simple dosis de presencia, a un pensamiento encontrado, a un beso de tus dulces labios: vives en mí.

Sin ti

Hoy te siento tan lejos,
desperté a hora temprana,
perdido en mis sueños,
agotado de correr en vano

Cerca no más,
estás lejos verás,
a tan sólo unos días de distancia,
a un mundo de llamadas.

Fiel me ato a mi cobija,
aliada incansable en mi soledad,
me escondo entre cuatro paredes,
blancas, opacas, a mi corazón reflejad.

Marchitando pasa sin pensar,
pregunta nada, roba todo,
no perdona, no descansa,
no se cansa.

Hoy te siento tan lejos,
pasé el rato,
el día, en el sofá,
de pensar en ti, cansado,
de estar sin ti,
te amo.

Toronto

Yo caminaba. Los carros pasaban a altas velocidades a mis costados, por enfrente, por todos lados. Solía saber lo que estaba haciendo, en mi mente, todo estaba normal. Sabía que debía toparme a alguien especial pronto. Seguí caminando, nadie sonaba el claxon, yo me enfilaba hacia un embotellamiento. Quizá fue su cultura, quien los enseñó a no faltarse el respeto, quizá no me veían, o simplemente, no les estorbaba. Daba pasos hacia el frente, sólo veía carros, semáforos y locales. La calle me parecía infinita, seguía caminando alrededor de luces rojas, verdes, azules, amarillas y entre tanta luz, vi una fila de personas caminando hacia mí.

Uno a uno, los fui mirando a los ojos; los carros seguían a toda velocidad a nuestros lados. Había personas de la tercera edad, niños, bebés y muy pocos adolescentes; yo buscaba una de las últimas. Cara a cara me fui grabando en la mente, memorizándome cada detalle de los ojos, las mejillas, los labios, la nariz de las personas; mientras veía los carros avanzar hacia sus destinos.

La fila de personas seguía andando; yo, seguía analizando. Pasaron setenta y siete personas y yo seguía caminando; sin haberla encontrado. El aire se sentía helado, era el principio del invierno en Toronto, y yo venía sin abrigo. Mi camisa de noche, aunque cómoda, no me cubría ante el frío; mis pantaloncillos, menos.

A lo lejos, se veía la tienda más sabrosa de cafés y donas de Canadá, más popular que aquellos Starbucks de Estados Unidos; Tim Hortons. Yo me seguí enfilando, entre los carros, hacia ella. Una silueta a mi izquierda me detuvo. De piel blanca como la nieve, ojos azules hermosos, cabello castaño y mejillas bien definidas, estaba ahí la persona que yo buscaba. Volteé sin precipitarme. Entre la brisa de los autos y ese aire helado invernal, corría hacia ella, mientras ella esbozaba una sonrisa sincera. No importaba lo lejos que había tenido que ir, ni lo frío del aire canadiense. Al llegar a ella, me frené. Tomé sus manos. La abracé. Nos besamos.

Una Palabra

En la simplicidad de una palabra,
veo en cada momento tu mirada.
Resplandeciendo sin tocar, ni ser tocada,
brillando por si sola, en mi alma.

En la simplicidad de una palabra
puedo llegar a decirte lo que siento.
Llegar a dibujarte una velada
cada detalle, cada espacio, cada mirada.

En la simplicidad de esta palabra
se junta todo aquello que no dije.
Ya sea por el tiempo, por las ganas,
ya sea porque al mirarte, sí, te fuiste.

Y es que no es fácil expresarme.
Y es que tú no sabes lo que hiciste.
Al verte temblé sin avisarte;
mi mente se me fue. ¿Qué hiciste?

Y es que no es fácil ya hablarte,
con este gran hechizo que me impusiste.
Con solo caminar tras mi mirada.
Con solo existir en mis palabras.

Y es que no te he visto ya de nuevo,
hechizado, sigo, yo lo creo.
Entre tanto amor, tanto deseo,
entre tanto afecto, tanto miedo;
iluminas mi camino, con despecho.

En la simplicidad de esta palabra,
has vuelto a alocar mis sentimientos.

Has vuelto a dibujar, en una manta;
mi corazón sencillo, ahora revuelto.

Y es que no es fácil expresarme,
tú no sabes lo que hiciste.
Al verte mi mente se me fue.
¿Qué hiciste?

Con solo caminar tras mi mirada.
Con solo existir en mis palabras.
Entre tanto amor, tanto deseo,
entre tanto afecto, tanto miedo.

Vacío

Hoy no quiero abrirte las puertas de mi interior. No quiero dejar salir todo este dolor. Si en algún momento hiciste que mis ojos brillaran en la oscuridad; ahora me tienes abandonado, y gritando una canción triste sin piedad, a los oídos de los peatones que buscan su origen.

No quiero sentir más lo que me has hecho vivir; ni llorar, ni reír, ni soñar. Basta ya de tanto intento, de escepticismo, de melancolía. Triunfa el dolor, que vence a tu falsedad. Triunfa el destino, se pierde el camino. Cesan tus palabras tergiversadas en frases idóneas para manipular mis pensamientos. Mueren los intentos, los fracasos, los anhelos.

Lloraba por tenerte aquí a mi lado. Por gozarte, por amarte; pero ahora cuánto desearía no haberlo hecho. Cuánto desearía poder tomar esos días enteros que pasé meditando tu nombre a mis propios oídos, tratando de encontrarle un sentido a lo que buscaba. Nunca lo encontré. Tomaría esas horas en el parque delirando ante las flores. Tomaría esas tardes de verano, frente a la arena, escribiendo tu nombre y gritando mis confesiones a los cuatro espacios, a aquél viento que se dejaba sentir. Gritando.

Me has hecho sentir como nunca pensé lo harías. Una y otra vez lo miré fijamente al espejo, una y otra vez me dije que no iba a suceder. Pero sorpresa la mía que se dio. Sorpresa, que el día llegó. Ese día en que encerraría mis obras, mis malestares y no le daría la llave a nadie para que los descubriera, los desmintiera, ni los apaciguara, ni los distrajera.

Entre tanto escombro, ni la luz puede evaporar los sentimientos. Tanta basura no se dispersa ni con el más fuerte de los vientos. Esta soledad, no se acompaña ni en la muchedumbre de la estación de tren. No se guarda, ni en el más grande de los vagones del ferrocarril que transporta mi corazón. Pues el tuyo; ya no está más. Ya no está más tu locura, tu desenfreno, tu manera de ver la vida. Tu frescura, tu sensibilidad, tu carisma: todas presas del amanecer. Existir: ¿a mis ojos? ¿A mis labios? ¿Qué llenará tu ya no estar?

¿Quién me calmará, si ya no estás?

Ya

10 de la mañana. Las nubes amenazan con arruinar un día de práctica. El día no incluye lluvia, no hay espacio para la noche. Solo se permiten días perfectos, soleados, donde se pueda practicar constantemente y sin preocupaciones ni problemas. Es el deporte, quizás más exigente en cuánto al clima en el que se debe practicar, la vestimenta, aunque formal, debe ser deportiva, debe mostrar elegancia y exigir respeto. Se dice que se le llama anticuado, se dice que no llama a aquellos de escasos recursos a practicarlo, se dice que la aristocracia lo juega, y que solo los ricos pueden sentarse a verlo. La verdad, reina en que el deporte es popular, pero si borda la seriedad; el deporte es para todos, pero debe contener cierto grado de superioridad; se puede jugar en diferentes superficies, pero se le debe respetar. El tenis, es un deporte de alto rendimiento, donde se suele llamar a los grandes a dar el mejor espectáculo de supervivencia física y mental que haya existido en la tierra.

Es tiempo de reflexión, el entrenamiento comienza con una charla exhaustiva de los deportes contrarios, del fútbol, del béisbol, del americano. No se deja lugar a duda que son dos que se conocen a la perfección los que están calentando motores para dar una probadita de lo que se viene a continuación. Mi profesor, mi mentor, mi compadre, mi amigo, mi compañero y mi asesor, todos en una misma persona; es aquél que pelotea a mi lado en estos momentos, comentándome del derby español, de la nueva flamante contratación, de las épocas doradas del Madrid. Comienza la batalla con mi mente, el cansancio, aunque se refleja en unas cuántas gotas de sudor; aflora a las 10:10 de la mañana.

Es superficial, tras 10 minutos de calentamiento, no es posible estar cansado. Es increíble lo que la mente le hace hasta al más débil. ¿Si no es cansancio que es? Me pregunto a mí mismo, mientras la pelota va y viene de un lado al otro de la red. ¿Será acaso un poco de dolor? ¿Podrá ser que no he dormido lo suficiente? ¿Me está pasando factura el largo viaje y el vuelo nocturno que tomé para llegar hasta dónde estoy ahora? Son muchos factores los que pasan por la mente. Fallo mi primera bola, dejándola en la red.

Ahora toca empezar a pelotear de fondo, por ahora sólo lo estábamos haciendo en corto, para calentar muñecas, caderas, manos, brazos, hombros, piernas, rodillas, tobillos, y mente. Me acostumbro a pegar un poco más fuerte, un poco más angulado, un poco más difícil. Pues, en corto, solo se empieza con pelotas tranquilas, es más plática, más relajación, sirve para deshacerse de todos aquellos pensamientos ajenos a lo primordial, que en estos momentos toma peso, y espacio en la mente, que es el juego en la cancha. Dejas atrás la velada de anoche, el te quiero, el te extraño, el ¿cómo te va?, el ¿cuándo te fuiste?. Dejas atrás y muy lejos, a la familia, a la novia, a los amigos, lo dejas todo para enfocarte al cien por cien en lo que estas haciendo en la cancha; a los golpes que debes tomar, a los golpes que debes dejar pasar, a las pelotas por las que debes correr y a las que debes simplemente ver pasar; ya sea porque van para afuera, o porque simplemente cansarán y desgastarán la forma física en la que quiero estar.

Es aunque increíble, exhaustivo. El trabajo de preparación, fuera del gimnasio, fuera de la memoria, fuera de los carbohidratos, las proteínas y los minerales; fuera de la hidratación, se centra más que nada en la fortaleza mental. En no sentirse cansado tras hacer un pique de línea de fondo a red, de pegar una bolea y buscar un remate, de recuperarse de un revés para pegar una derecha; es no sentirse cansado de estar batallando constantemente con el muslo que arde y duele durante los primeros tres minutos del entrenamiento, y que sabes arderá después de haber acabado el entrenamiento. Toda esta fortaleza que yace en la mente y se origina del corazón y del ímpetu, es la que no puede faltar.

Los golpes de fondo acaban, y desgastan la forma del cuerpo. Es hora de subir a la red, de rematar, de bolear, de firmar las acciones importantes, de alcanzar pelotas bajas, de bajar pelotas altas. Es hora de soltar el brazo, de correr de un lado al otro en menos de un segundo, de rematar pelotas inalcanzables, de alcanzar pelotas que normalmente no se pueden rematar. Aquí se hacen y deshacen los puntos más importantes de los partidos, aquellos puntos que si vuelas solamente llegarás a decir que acariciaste la gloria, pero que si los culminas, dirás, que tuviste la gloria encima, la probaste, y te la quedaste. Son esos tiros que te hacen ganar el dinero, que te dejan con un buen sabor de boca y que levantan tu puño en automático, cuando llegan a ser victoriosos. Pero, son esos puntos, que al fallarse, tiran tu rostro directo a tus manos, pegan un grito desesperado antes de que puedas tener conciencia de que ya lo hicieron, o le recuerdan a tu madre, o a la del contrincante, una que otra cosa. Estos golpes, son los que hacen del "caballero del tenis", un hombre corriente, un hombre vulgar, un ser humano idéntico a todos los demás. Son los tiros que hacen que uno se sienta débil, pero sobretodo, que hacen débil a la mente de quien los falla.

Uno arriba, uno al centro, uno abajo, otro a la izquierda y el del remate. Uno a la derecha, uno al centro, uno de revés, otro de revés, otro remate. Uno a uno van pasando los tiros, una a una va saliendo la bolea. Si se queda en la red, se repite, si se vuela, se falló, si se acierta, se vuelve a intentar y si por suerte queda bien posicionada, a buscar que la suerte suceda en un partido oficial. La mente, no recuerda momentos tristes, recuerda momentos fortuitos, y momentos desafortunados dentro del campo de batalla. No recuerda cuando ganaste tres juegos seguidos, si acaso se llevan ya cuatro seguidos que pierdes. A la mente se le acostumbra al fracaso, para que tome bien los aciertos; pero se le acostumbra a los aciertos, para que se puedan tomar como base para rebasar los fracasos. Tantas boleas pasan desapercibidas por los espectadores del entrenamiento, que como en todo magno evento, están siempre presentes. Desapercibidos habían pasado por la mente, hasta que una bolea de remate llegó hasta las gradas y hubo que pedir disculpas.

La concentración está al máximo, para el punto focal de lo que se espera. Las situaciones de juego. Mucho se dice que un jugador debe definir en cuestión de milisegundos, la jugada que debe ejercer a la hora de llegar a definir el tipo de tiro, la colocación, el ángulo y la técnica con la que se va a pegar a la pelota; pero la realidad es la siguiente. Mientras la decisión, sí, en efecto, debe ser tanto veloz como espontánea, la variedad de tiros a elegir, se minimiza, siempre y cuando, la parte a la que se está llegando en este momento del entrenamiento, se trabaje a la perfección y con total seriedad. ¿Dónde se aprende, que se debe tirar una bolea al ras, con efecto invertido, a la izquierda del contrincante, si nunca se ha entrenado para hacerlo? ¿Dónde se escoge, en vez de la bolea invertida, un remate raso a la esquina, imposible de alcanzar, y hasta en ocasiones, de ver? ¿Dónde se toma como opción, una bolea angulada, sin posibilidad alguna de ser alcanzada porque va a contrapié del contrincante y aparte está destinada a caer en la pared tras su primer bote? No hay mejor lugar para ensayar esas tres definiciones, que para la jugada llegarán a ser claves al momento de ejecutarlas, más que en el entrenamiento. Ahí, el entrenador debe ser claro, preciso y constante. Si sale una bolea por suerte, se debe enfatizar, que aún y cuando se ganó el punto en ese momento, la suerte puede no acompañarnos en el momento crucial, por lo que se debe hacer bien. Es así, como se logra, basándose en esfuerzo, basándose en coraje, basándose en estudio, y quizás se pudiera decir, a base de un repaso fugaz de la teoría del tenis; llegar a hacer historia en los momentos cruciales del encuentro.

Así, las situaciones se agudizan, disponen del momento más tenso del entrenamiento, es el momento donde trabaja más el cuerpo, y trabaja más la mente. El estado mental debe estar cien por cien centrado en la cancha, no puede divagar, pues tendrá que escoger de hasta tres o cuatro jugadas posibles por hacer en cada tiro. Se puede escoger desde el regreso del saque del contrincante. ¿Se la tiro a su revés, a su derecha, lo hago subir a la red, lo hago ir más al fondo, la tiro inalcanzable, la tiro corta y a los pies, lo fuerzo a que haga un tiro ganador, o simplemente la tiro al centro y le dejo la batalla mental a él? Ahí, ocho diferentes decisiones, en un par de segundos, si es que la pelota venía despacio, aunque debo admitir, que muchas veces, la decisión la tomo antes de ver salir la pelota de la raqueta; pues desde la posición asumida para rematar el saque, se puede deslumbrar un poco el regreso y el ataque siguiente. Mi velocidad nunca ha sido un problema; mi condición, tampoco; la desesperación, mi peor enemiga; la concentración, mi mejor aliada; la frustración, cosa de un solo punto; la decepción, amargo recuerdo que llevó al fracaso; la alegría, espontánea; la valentía, infaltable; mi perspicacia, sobresaliente; mi voluntad, inquebrantable; la soledad, inminente; la realidad, sorprendente.

Zoológico

Compré la entrada como cualquier otro visitante. De la mano, llevaba a mi hermana de ocho años menor; era nuestro día libre. Estos días, solíamos caminar por el parque. Ir al cine. Montar a caballo. Pasar un rato en la casa. Ir al boliche o practicar algún otro deporte. Pero hoy, habíamos decidido que iba a ser diferente.

Tomamos una ruta sin fin desde el principio, enfilándonos a una experiencia de exploración, donde solo nosotros sabíamos el destino. Al entrar a aquel lugar, nos recibió una armada de hombres y mujeres de negro; que, a mi parecer, tenían problemas para mantener su distancia. Y otros más para respetar la privacidad de los demás. A mi hermana, su bolso lo voltearon de adentro hacia fuera, pero después le acomodaron todo en su lugar. A mí, me preguntaron por mi cartera, mi radio, mis llaves, mi celular. Parecía que buscaban algo en especial, pero nos dejaron seguir adelante y no dudamos en caminar apresuradamente.

Primero nos topamos con el rinoceronte: corpulento y masculino. Ahí fue donde la vi por vez primera. Radiante como el sol que nos encandilaba ese mediodía; estaba también con una persona: su hermano pequeño. No se había guardado nada; sus ojos brillaban de tanta paz y felicidad que sentía. Parecía injusto estarla observando. Sentía que le robaría esa brillantez y sensibilidad. Después habría de descubrir, que ver a los animales, le recordaba a todos esos momentos en que de chica, había disfrutado junto a su padre, en el mismo lugar.

Seguimos caminando y nos volvimos a encontrar; ahora con el tigre de bengala. Aquel tigre, denotaba presencia, misterio y valor. No tuve ni tiempo de voltear, cuando pasó entre mi hermana y yo, disculpándose por haber rozado su hermoso cuerpo contra el mío. Tras dar dos pasos, volteo su mirada y me sonrío; a lo que mi hermana inocentemente preguntaba si yo la conocía: ella había dado el primer paso.

Mi hermana se había encontrado a un amigo suyo de la escuela: su hermano. Yo me dirigí hacia ella y vi que volvió a sonreír. Su tez, se tornaba roja, mientras tímidamente levantaba su mirada. Me vio a los ojos y fue ahí cuando pude por fin observar, la belleza de ese azul claro; como el cielo en su momento de claridad. No pude decir nada. Sacó mi teléfono y en espacio de diez dígitos, quedó plasmado, su nombre, como sus labios; en mí para siempre.